Published in the French language originally under the title:
Vivez l'aventure – Le dragon et le mont Brûlesang

Layout des Covers: Axel Mahé
Layout des Innenteils: Antartik

ISBN: 979-1-0324-0353-2

Für diese deutsche Ausgabe:

Übersetzung: Silvia Schröer
Satz: Marcus Noch
Projektleitung: Daniel Fischer
Gesamtherstellung: Ullmann Medien GmbH,
Rolandsecker Weg 30, 53177 Rheinbreitbach

ISBN: 978-3-7415-2567-4

10 9 8 7 6 5 4 3 2 1

www.ullmannmedien.com

GAUTHIER WENDLING GUILHEM SALINES

ERLEBE DEIN ABENTEUER

Der Drache des Feuerbergs

ULLMANN

Das sind Linus und Lena. Sie sind Geschwister und lesen für ihr Leben gern. Jeden Nachmittag nach der Schule besuchen sie ihren Großvater, um in den Büchern in seiner Bibliothek zu stöbern. In allen bis auf eins: das, das er ganz oben im Regal aufbewahrt, gleich neben seinen wertvollen Briefmarkenalben. Opa kann stundenlang über seine Briefmarkensammlung reden, aber über dieses geheimnisvolle Buch hat er noch nie ein Wort verlieren wollen. Heute ist Opa nicht zu Hause, aber seine Tür steht weit offen. Seltsam. Vielleicht besucht er seine Briefmarken-Freunde? Na schön, jetzt oder nie: Das ist der Augenblick das Verbotene zu wagen! Hätte Opa wirklich gewollt, dass sie dieses Buch nicht anfassen, dann hätte er doch nicht die Leiter daneben stehen lassen, oder?
Bevor du weiterliest, überlege kurz, ob du Linus oder Lena in dieser Geschichte spielen willst.

Bevor du weiterliest, überlege kurz, ob du Linus oder Lena in dieser Geschichte spielen willst.

„Hast du etwa Angst?“, fragst du. „Also ich mach's. Uff, ist das schwer!“ Das Buch fest an dich gepresst, steigst du wieder herunter und passt auf, nicht zu fallen ...

„Vorsicht!“

Zu spät! Du rutscht ab und das Buch gleitet dir aus den Händen. Du ruderst mit den Armen, kannst dich aber nirgendwo festhalten. Dein Sturz dauert genauso lang wie die Geschichten, die Opa erzählt ...

Geh zu Seite 10 und finde heraus, wo du gelandet bist!

„Spinnen haben acht Beine“, sagst du mit Bestimmtheit. „Sieh selbst, da ist eine direkt hinter dir.“
Das kleine Tier erschreckt den Zwerg so sehr, dass er die Kette loslässt.
Das junge Mädchen mit den spitzen Ohren rennt so schnell es kann zum Elfenkreis.
„Kila!“, ruft er. „Komm zurück, Kila! Du gehörst mir!“

Aber sie kommt natürlich nicht zurück. Es ist besser auf dem Absatz kehrtzumachen, bevor er wütend wird ... Geh zurück zu Seite 10.

Du drückst auf den Stein. Er öffnet sich und offenbart ein geheimes Versteck. Und darin liegt genau das, was du brauchst, um den fiesen Drachen zu besiegen! Es ist ein Dolch. Seine Klinge ist zwar kürzer, als die eines Schwertes, aber trotzdem scharf. So scharf, dass man damit problemlos jede noch so enge Naht durchtrennen kann. **Merk dir, dass du den Dolch besitzt.**

Geh zurück zur Karte auf Seite 10 und suche einen anderen Ort auf.

Du reibst dir deinen schmerzenden Po. Du bist im Gras gelandet. Plötzlich seid ihr zwei weit weg von Zuhause! Und warum trägst du eine Rüstung? Ein Ritter und eine Ritterin! Schade, dass du kein Schwert hast.
Aber jetzt mal im Ernst: Was habt ihr zwei da zu suchen? Wo ist euer Haus? Vielleicht findet sich die Antwort auf dem Stück Pergamentpapier, das du in der Hand hältst:

Ich habe euren Großvater gefangen.
Findet mich oder ihr bleibt für immer in meinem Buch eingesperrt!
Gezeichnet: Der Drache.

„Alles klar!“, sagst du. „Das Buch hat sich uns beide einverleibt! Genau wie Opa, als er sich seine Briefmarkensammlung angeschaut hat …

„Dann müssen wir ihn finden!“

„Aber wo sollen wir suchen?“

Nichts leichter als das: Die Antwort liegt direkt vor deinen Augen. Sieh dir die Karte an und entscheide dich für einen Ort, an dem du nach der Höhle des Drachen suchen willst. Aufgepasst: Wenn ein Ort keine Nummer trägt, heißt das, dass er im Moment nicht aufgesucht werden kann. Aber wer weiß, vielleicht später?

Viel Glück!

Was für eine Hitze! Der Lavastrom ist gespickt mit Steinen, über die man durch den Strom waten kann. Ein paar davon könnten allerdings unter deinem Gewicht auseinanderbrechen. Fahre mit dem Finger den richtigen Weg nach. **Wenn du beim Überqueren etwas Nützliches findest, merke es dir gut.**

Dann nimm den linken Tunnel und geh auf Seite 35.
Oder nimm den rechten zur Seite 22.

Oh weh! Der Zwerg ist kein so leichter Gegner wie der Ritter, der die Duellbrücke bewacht hat ... Du hast keinen Dolch mehr.

Du versuchst, mit dem Zwerg zu reden. Geh zu Seite 41.

Mit einem Stein ritzt du die beiden richtigen Zahlen in das Quadrat: eins und fünf. Dir fällt außerdem auf, dass es immer fünfzehn ergibt, wenn man alle Zahlen in einer Linie oder einer Reihe zusammenzählt. Das Tor öffnet sich …
Aus dem Inneren des Tempels hallt eine Stimme. Durch seine Zauberkraft beobachtet der Drache euch aus der Ferne und macht sich über euch lustig!
„Ihr armen Narren, ihr habt noch nicht mal ein Schwert, um mich zu besiegen! Und ich bin mir sicher, dass ihr auch nicht besonders gut im Rätsellösen seid! Seht euch diese Mauer an. Welcher Buchstabe ist zu viel?“
Dann bricht er in schallendes Gelächter aus, das von einem Hustenanfall unterbrochen wird.
„Dieser Drache ist echt ein Angeber“, bemerkst du.
„Und er raucht so stark, dass er husten muss. Also, was antworten wir auf sein Rätsel?“

Wenn du glaubst, dass das H in der zweiten Zeile zu viel ist, geh zu Seite 46.
Wenn du glaubst, dass das N in der dritten Zeile zu viel ist, geh zu Seite 31.
Wenn du glaubst, dass das C in der dritten Zeile zu viel ist, geh zu Seite 9.
Wenn du es nicht weißt, kannst du auf Seite 10 zurückkehren und später noch mal hierherkommen.

Bravo, das Gitter öffnet sich!
Auf der anderen Seite befindet sich endlich die Höhle des Drachen … und der Drache höchstpersönlich!
Oh je! Euer Großvater umklammert die Stäbe seines Käfigs.
„Lena und Linus! Was macht ihr hier?“
„Opa! Wir haben das verbotene Buch angefasst … Wir sind hergekommen, um dich zu retten!“
„RUHE!“, donnert der Drache. „Du, alter Mann, du bleibst mein Gefangener. Deine Enkel werden dich nie befreien, weil sie nicht wissen, durch welchen Schlüssel der Geist der Jugend Freiheit erlangt! Einen Schlüssel, den sie in den Händen halten!“

Das Monster lacht so heftig, dass es nicht angreifen kann. Zum Glück, denn du besitzt keine Waffe, die mächtig genug wäre, um es zu besiegen. Schnell, benutze die Schlüssel, die du im Labyrinth gefunden hast, um das Rätsel des Drachen zu lösen!

Wenn du nicht genügend Schlüssel für die richtige Antwort gefunden hast, dann geh schnell zurück auf Seite 36 und such noch einmal.
Wenn du glaubst, die Antwort zu kennen, sieh auf der Lösungsseite (Seite 47) nach, ob du richtig liegst, und folge den Anweisungen.
Wenn du keine Antwort findest, wird der Drache auf Seite 38 wütend.

Zu zweit gelingt es euch, den Deckel der Tonne einzupassen und das Wasser zu stoppen. Eine Elfe am Ufer hat euch dabei beobachtet und verschwindet.
„Wohin geht unsere Freundin?“
„Warten wir es ab“, antwortest du. „Wir werden es schon sehen.“
Die Wellen schlagen gegen die notdürftig reparierte Stelle, aber das Wasser kann erstmal nicht mehr eindringen. Die Elfe kehrt mit Verstärkung aus ihrem Volk zurück. Sie tragen Seile und einen großen Stoffballen. Eure Freunde springen von Fels zu Fels und ziehen das Schiff vom Riff. Hauruck! Nach einiger Mühe ist das alte Schiff kein Wrack mehr! Wenn du magst, kannst du es benutzen und damit woanders hinfahren.

Denk daran, zu Seite 36 zu gehen, falls du mit dem Schiff zum Feuerberg fahren willst.

Auf dem Weg zum Tempel der Heilig' Nacht trefft ihr einen Händler, der ein wenig zu breit lächelt, um ehrlich zu sein.

„Ihr müsst schlau sein, um euren Großvater wiederzufinden! Du da, kannst du mein Silbenrätsel lösen?

Versteckt in der Abzweigung liegt der Anfang
aber nur ein Neunmalkluger wird das Ende finden.

Findest du es heraus? Dann errätst du bestimmt, auf welcher Seite es weitergeht. Wenn nicht, geh zu Seite 21.

Ihr gelangt zum Tempel der Heilig' Nacht. Aber ihr kommt nicht rein! Du siehst dir das Tor mit seiner seltsamen Inschrift genauer an. Na so was, es sind die Zahlen von 1 bis 9 und zwei scheinen zu fehlen ...

Wenn du nicht herausfindest, welche fehlen, geh zurück zu Seite 10.

Es wird nicht einfach, durch das Fallgitter zu kommen! Kein Schloss, nur zwei Räder, die von 0 bis 9 nummeriert sind, und daneben ein Hinweis, was du zählen sollst. Plötzlich ein Schrei: Du erkennst Opas Stimme auf der anderen Seite des Gitters! Schnell, zähl die Dinge, die der Hinweis neben den Zahlenrädern dir anzeigt. So erhältst du den Code, um das Gitter zu öffnen, und dann weißt du auch, zu welcher Seite du gehen musst.

Du kannst aber auch woanders hingehen: der erste Tunnel führt dich auf Seite 35.
Der zweite Tunnel bringt dich zu Seite 12.

0123456789
0123456789
x?

„Warum die Kajüte?"
„Hier gibt es bestimmt Karten!", antwortest du.
Mit etwas Glück hilft eine von ihnen euch dabei, die Höhle eures geflügelten und geschuppten Freundes ausfindig zu machen. Leider sind die Dokumente des Kapitäns geheim und in einer doppelt verschlossenen Truhe aufbewahrt ... Er wollte sein Wissen nicht mit Süßwassermatrosen teilen!

Schau dich gründlich um. Findest du die beiden richtigen Schlüssel, um sie zu öffnen? Wenn du sie gefunden hast, dann weißt du, auf welcher Seite es weitergeht. Wenn nicht, geh zurück zu Seite 40.

„Kila!“
Du erkennst die kleine Elfe wieder, die hinter einer der riesigen Säulen auftaucht. Sie streckt euch die Hände entgegen, dankbar, dass ihr sie aus den Fängen des Zwerges befreit habt. Jetzt erscheint auch der Rest ihres Volkes. Es ist, als wären sie die ganze Zeit schon dagewesen, verborgen hinter einem Schleier, der nun verschwunden ist. Ein Unsichtbarkeitszauber ... Die Magie der Elfen scheint genauso mächtig zu sein wie die Zauberkraft des Drachen.
„Ich bin Kilas Bruder“, sagt ein hoch gewachsener Elfe. „Danke, dass ihr sie gerettet habt, Fremdlinge. Von nun an gehört ihr zu uns. Euer Blut ist unser Blut und wir werden euch helfen, wann immer ihr uns braucht.“
Merkt euch, dass ihr ab jetzt **Freunde der Elfen** seid.
„Den Tempel der Heilig' Nacht habt ihr schon besucht“, sagt Kilas Bruder. „An eurer Stelle würde ich das Alte Wrack aufsuchen.“

Wenn du seinem Rat folgen willst, geh zu Seite 40, auch wenn du dort schon warst.
Wenn nicht, geh zurück zu Seite 10.

„Hier kommt niemand durch!"
Unter seinem Harnisch plustert der Ritter, der euch den Weg versperrt, stolz seine Brust auf.
„Aber warum?", willst du wissen. „Wir haben dir doch nichts getan!"
„So ist es eben", seufzt er, „ich kann's nicht ändern. Das hier ist die Duellbrücke und darum muss man kämpfen. Sonst würde sie anders heißen."

Wenn du einen Dolch hast, schau dir den Ritter genau an: An welcher Stelle könntest du ihn kitzeln, um ihm eine Lektion zu erteilen? Wenn du sie gefunden hast, dann geh zu Seite 34.
Wenn du keine Waffe hast, dann kommst du hier nicht weiter. Geh zurück zu Seite 10.

„Ja, gibt's denn so was!", ruft der Händler. „Zwei und Neun! Ich werde euch also helfen. Hört gut zu. Um den Tempel der Heilig' Nacht zu betreten, müsst ihr das magische Quadrat am Tor vervollständigen: Es fehlt die Eins, gefolgt von einer anderen Zahl. Alles werde ich euch nicht verraten!"

Geh jetzt zu Seite 21.

Während ihr also einer hinter dem anderen dem Pfad folgt, der zum Steinkreis führt, bohrt sich plötzlich ein Pfeil in den Boden vor dir!
„Halt!", ruft eine Stimme. „Wer seid ihr zwei?"
Du stellst dich vor.
„Du wählst deine Worte mit Bedacht, aber vielleicht lügst du. Beweis mir, dass ihr in guter Absicht kommt, indem du mir diese Frage beantwortest: Was hat die Olive, was viele nicht haben?"

Die Antwort hat die gleiche Form wie der Ort, zu dem ihr gehen wollt.

Wenn du die Antwort weißt, dann geh zu Seite 42.
Wenn nicht, geh zurück zu Seite 10.

Wenn man das N entfernt, ergibt sich: HEILIG ACHT!
Eben, du musst achtgeben. Du hast kein Schwert ... Aber selbst wenn du diesen Stein in alle Richtungen schiebst und ziehst, geschieht nichts. Diese Lösung wäre zu einfach gewesen.

Geh zurück zu Seite 15.

Bravo, du hast die richtigen Schlüssel gefunden, um die Truhe zu öffnen! Du entrollst eine Seekarte nach der anderen, aber keine davon beschreibt, wo sich das Versteck des Drachen befindet … oder den Weg nach Hause. Ihr zwei vermisst das alte Haus und seine Bibliothek. Schließlich erregt eine Rolle deine Aufmerksamkeit, weil sie der Karte auf Seite 10 sehr ähnlich sieht. Vergleiche die beiden Karten: Welche Unterschiede fallen dir auf? Ganz bestimmt findest du einen wichtigen Hinweis für deine weitere Suche.

Anschließend kannst du noch den Frachtraum des Schiffes auf Seite 43 erkunden.
Aber vielleicht willst du auch lieber auf Seite 10 wieder festen Boden unter den Füßen haben.

Was für ein Feigling, dieser Ritter! Erst gibt er sich mutig, aber kaum hat er begriffen, wo du ihn mit der Spitze deiner Waffe kitzeln willst, macht er auf dem Absatz kehrt! In seiner Hast verliert er seinen Gürtel ...

Der Weg ist frei, ab jetzt kannst du die Duellbrücke passieren und dich auf Seite 39 begeben - sofort oder auch später (vergiss diese Information also nicht).

Als du die Höhle betrittst, rutscht du auf etwas aus. Ein rostiges Werkzeug!
„Vielleicht finden wir etwas Brauchbares zwischen diesem Plunder?", schlägst du vor.
„Beeilen wir uns. Opa ist sich immer noch in den Klauen des Drachen!"
Wenn dir etwas Nützliches auffällt, merke es dir gut.

Der Tunnel hinten führt zu Seite 22.

Der andere Tunnel bringt dich zu Seite 36.

Die Elfen setzen euch am Ufer der Vulkaninsel ab. Plötzlich erschallt die Stimme des Drachen: „Ihr werdet nie wieder lebend aus meinem Labyrinth herausfinden, Lena, das Burgfräulein, und Linus, der Knappe!“
Sein Lachen hallt von den Höhlenwänden wider. Sieh dir das Bild genau an.
Wenn dir etwas auffällt, merk es dir.

Wenn du die linke Höhle betreten willst, dann geh zu Seite 35.
Wenn du dich für die in der Mitte entscheidest, geh zu Seite 12.
Wenn du lieber die rechte nehmen willst, geh zu Seite 22.

Das Gitter schließt sich. Der Drache hat dich gefangen und dich in den kleinsten Käfig der Welt gesperrt!
„Ich habe euch doch gesagt, dass ihr dieses Buch niemals anfassen dürft, Kinder", jammert Opa in seinem eigenen Gefängnis.
Du versuchst, nicht zu weinen. So kurz vor dem Ziel! Das darf doch nicht wahr ein! Selbst eure Freunde, die Elfen, haben Angst vor dem Feuerspucker und sind daher keine Hilfe.
Der Drache hat ... EUCH!

„Ein seltsamer Name für einen Wald“, sagst du.
„Stimmt. Diese Pilze sind nicht wirklich klein.“
„Und es gibt nicht nur Steinpilze“, fügst du hinzu.
„Dafür aber Zwerge“, knarzt eine Stimme
Du drehst dich um. Ein Zwerg und seine Gefangene! Eine kleine Elfe, nach ihren spitzen Ohren zu urteilen.

Wenn du findest, dass man mit Gewalt gegen diesen Bösewicht vorgehen sollte, dann geh zu Seite 14.
Wenn du versuchen willst, mit ihm zu reden, geh zu Seite 41.
Wenn du lieber kehrtmachen und die Beine in die Hand nehmen willst, dann geh zurück zu Seite 10.

„Keine Menschenseele an Bord."
„Ich frage mich, wie lange dieses Schiff hier schon gestrandet ist", antwortest du.
„Egal. Wichtig ist nur, das Versteck des Drachen zu finden, um Opa zu befreien. Wir verschwenden unsere Zeit auf diesem alten Kahn."
Da bist du dir nicht so sicher ... Du vermutest, dass diese Nussschale wichtiger ist als es scheint.

Wenn du die Kapitänskajüte erkunden willst, dann geh zu Seite 24.
Wenn du lieber den Frachtraum näher in Augenschein nehmen willst, dann geh zu Seite 43.
Du kannst auch zur Karte auf Seite 10 zurückkehren.

„Warum sollte ich meine Gefangene freilassen?“ blafft der Zwerg. „Außer ihr zwei könnt mir weiterhelfen! Gestern habe ich mit meinem Cousin Durmil gewettet, dass eine Spinne fünf Beine hat. Durmil glaubt, dass sie sechs hat. Ich hatte doch recht, oder?“

Wenn du weißt, wie viele Beine eine Spinne hat, dann geh auf die Seite mit der entsprechenden Nummer.
Wenn du es nicht weißt, kehr zu Seite 10 zurück.

„Es ist der Buchstabe O“, sagst du. „Die anderen Buchstaben im Wort OLIVE sind alle in VIELE enthalten.“
„Für dich birgt die Natur keine Geheimnisse“, antwortet der Elfe. „Ihr dürft weitergehen, aber seht euch vor, meine Brüder und Schwestern sind misstrauischer als ich ...“
Kurz darauf seid ihr da. Der Wind pfeift zwischen den großen aufgerichteten Steinen hindurch. Niemand ist da. Na ja, zumindest niemand Sichtbares! Zwischen den Gräsern flüstert es ...

Wenn du Kila bereits aus den Fängen des ängstlichen Zwerges befreit hast, dann geh zu Seite 26.
Ansonsten bleibt dir nichts anderes übrig, als kehrtzumachen und zu Seite 10 zurückzugehen. Du kannst später wiederkommen.

„Mit so einem Loch wird dieses Schiff nicht so schnell wieder Fahrt aufnehmen“, bemerkst du.
„Schau dich mal um, vielleicht finden wir etwas, um es zu stopfen!“
„Das bringt nichts, wenn wir niemanden haben, der es vom Riff ziehen und steuern kann.“
Was denkst du? Wenn du mit den Elfen befreundet bist und auf dem Bild etwas findest, mit dem man das Loch verschließen kann, dann weißt du, auf welche Seite du gehen musst.

Wenn nicht, kehre zur Brücke auf Seite 40 zurück. Falls nötig, kannst du später wieder kommen.

„Gut gemacht, Kinder!", ruft Opa und springt aus seinem Gefängnis. „Der Schlüssel, der Freiheit verschafft, mit dem man auf Reisen gehen kann ..."
„Wir halten ihn in unseren Händen: ein Buch!"
Plötzlich schneidet dir ein furchtbarer Krach das Wort ab. Der Drache lacht!
„Du bist nicht wütend?", fragst du erstaunt.
Der Feuerspucker hält sich seine schuppigen Seiten vor Lachen
„Aber nein, ha, ha! Zwischen den Seiten meines Buches habe ich mich zu Tode gelangweilt. Ich habe mir euren Großvater geschnappt, damit er mir Gesellschaft leistet, aber er hat immer nur von seiner Briefmarkensammlung gequatscht!"

Opa wird rot.
„Obwohl die Geschichte meiner Germania aus dem Jahr 1900 …"
„Das reicht. Kinder, es hat mir Spaß gemacht, euren Fortschritt zwischen den Seiten zu verfolgen. Es ist eine Ewigkeit her, dass mir etwas so viel Spaß gemacht hat! Es ist an der Zeit, euch wieder nach Hause zu schicken … mit einem kleinen Geschenk."
Der Drache schlägt zwei seiner Krallen zusammen und vor euren Füßen erhebt sich ein Wirbelsturm. Dir wird schwindelig. Und da steht ihr alle drei wieder in der Bibliothek. Ihr habt allen Grund zu jubeln!
„Das Haus!"
„Meine Briefmarken!"
„Was ist das?"
Zwischen deinen Fingern rieseln Goldmünzen hervor. In seinem Buch zwinkert der Drache dir zu. Mögest du sein Geschenk weise nutzen!

Du kannst so viel an diesem Stein zerren und schieben wie du willst, das bringt gar nichts. Das Wort, das sich ergibt, wenn du diesen Buchstaben wegnimmst, macht keinen Sinn.

Geh zurück auf Seite 15.